Inhaltsverzeichnis

Vorwuff

Kapitel 3: Snuppys Weisheiten

- Warum ein Nickerchen besser ist als jede Yoga-Übung

- Der Unterschied zwischen "Nein!" und "Vielleicht später"

- Menschen und ihre komischen Rituale (z.B. Frühjahrsputz)

- Das Mysterium der Socken – eine Studie

- Mein ultimativer Trick gegen Langeweile

- Regeln, die ich freundlich ignoriere

- Warum ein bisschen Chaos zum Leben gehört

Kapitel 4: Freunde & Begegnungen

- Mein bester Hundefreund und ich

- Begegnung mit einem sehr komischen Vogel

- Der große Moment beim Tierarzt (Drama inklusive)

- Kleiner Hund, große Liebe: Besuch bei Oma

- Wer ist dieser Kater in meinem Garten?

- Gemeinsames Fernsehen – nur, wenn es Snacks gibt

- Meine Meinung zu "Fremde an der Tür"

Kapitel 5: Große Träume & kleine Wünsche

- Mein Traum: Ein ganzer Garten nur für mich!

- Was ich machen würde, wenn ich einen Tag Mensch wäre

- Reisen mit Stil – meine Vorstellung von Urlaub

- Wie ich einmal fast ein Superheld geworden wäre

- Der perfekte Tag – laut Snuppy

- Mein Wunschzettel für Weihnachten (mit Kommentaren)

- Meine Top-5 Lieblingsplätze auf der Welt (bisher)

Kapitel 6: Besondere Momente

- Der schönste Tag des Jahres (Geburtstag!)

- Mein erster Schnee – und warum ich danach aufgetaut werden musste

- Wasser + Snuppy = Chaos?

- Mein erster richtiger Strandtag

- Mein erster eigener Ball (und was daraus wurde)

- Ein Tag, an dem einfach alles klappte

- Mein erstes „richtig großes" Abenteuer

Nachwuff

- Bis bald – auf neuen Wegen!

Hallo aus meiner Welt!

Liebes Menschenwesen,

Wenn du dieses Buch in den Pfoten... äh, Händen hältst, dann bist du wohl neugierig. Neugierig auf mich, Snuppy. Und auf meine Welt.

Sehr gut! Ich mag neugierige Menschen – vor allem wenn sie Leckerlis dabei haben.

Was du gleich hier lesen wirst, ist kein gewöhnliches Buch. Es ist mein Tagebuch.

Jeden Tag habe ich mir ein paar Gedanken gemacht – über das Leben, über meine Menschen, über seltsame Geräusche im Garten, den Staubsauger (brrr!) und über die großen Fragen des Alltags:

Wo ist mein Ball?

Warum regnet es ausgerechnet jetzt?

Und wieso darf ich nicht zehnmal am Tag frühstücken?!

Ich habe versucht, ehrlich zu sein. Lustig, manchmal ein bisschen frech – aber immer mit dem Herzen dabei.

Denn obwohl ich nur "nur" ein kleiner Hund bin, sehe ich ganz schön viel. Ich beobachte. Ich denke nach (ja, wirklich!). Und ich liebe mein Leben mit all seinen Schnüffelwegen, Kuscheldecken und Überraschungen.

Und weil ich soviel sehe, beobachte und nachdenke, habe ich beschlossen, das alles für dich aufzuschreiben. Also... wirklich geschrieben hat das mein Herrchen. Ist nämlich gar nicht so einfach, mit meinen Pfoten die richtigen Tasten zu treffen. Aber ich habe ihm genau gesagt, was er schreiben soll.

Also lehn dich zurück, blättere durch meine Geschichten – und vielleicht, ganz vielleicht, erkennst du zwischen den Zeilen auch ein kleines bisschen von dir selbst.

Viel Spaß beim Lesen,
wünscht dir dein

Snuppy

Montag-Morgen-Motivation
(oder so ähnlich)

Liebes Tagebuch,

heute ist Montag. Menschen finden Montage angeblich schlimm. Ich finde: Jeder Tag ist ein guter Tag, wenn man direkt morgens ein Leckerli bekommt! (Spoiler: Heute gab's keins. Dafür eine Banane. Ähm, okay...?)

Mein Plan für den Morgen war eigentlich klar:

- Aufstehen

- Dehnen wie ein Yoga-Meister

- Frühstück einfordern

- Danach vielleicht ein bisschen im Körbchen chillen und von fliegenden Würstchen träumen

Aber Menschen haben da andere Vorstellungen.

"Komm Snuppy, wir müssen raus! Frische Luft tut gut!"

Frische Luft? Pff... Mein Bett war noch ganz frisch und warm! Aber gut, ich will ja nicht als faul gelten (auch wenn ich es manchmal ein bisschen bin).

Also Leine dran, raus aus der Haustür – und zack – wurde ich auch schon halb vom Wind weggeweht. Ich sah vermutlich aus wie ein kleiner, lebendiger Teppich im Sturm.

Highlights des Spaziergangs:

- Drei Blätter gejagt. Eins gefangen!

- Einen Maulwurfshügel entdeckt (untersuche ich später genauer)

- Zwei fremde Hunde getroffen. Einer hat mich angebellt – ich hab einfach zurückgegrinst. Cool bleiben, Snuppy-Style.

Wieder zuhause angekommen, hatte ich mir eigentlich ein zweites Frühstück verdient (gerade, weil mein erstes nur aus einer Banane bestand. Eine BANANE. Ich fasse es nicht!)

Stattdessen: Bürsten!

"Damit dein Fell schön bleibt."

Jaaaaja. Mein Fell IST schön. Immer.

Fazit für den Tag:

- Manche Tage können doof starten.

- Aber mit genug Blätterjagd, frischer Luft und einer Portion Dickköpfigkeit wird es trotzdem ein guter Tag.

Und morgen? Da wird sowieso alles besser. Vor allem, wenn endlich wieder einer meiner geheimen Keksvorräte aufgefüllt wird.

Hoffentlich.

Snuppys Anmerkung: Falls ich irgendwann mal ein Superheld werde, brauche ich dringend einen Umhang!

Frühstück – die wichtigste Mahlzeit (besonders für mich)

Liebes Tagebuch,

morgens aufzuwachen ist gar nicht so schwer – wenn man weiß, dass irgendwo in der Küche das Frühstück wartet.

Also... irgendwann.

Vielleicht.

Hoffentlich.

Ich weiß ja, dass Menschen so etwas wie "Routine" haben. Aber ehrlich gesagt: Ihre Prioritäten sind komplett falsch.

Beispiel heute früh: Mein Frauchen steht auf, geht ins Bad, zieht sich an... und ich? Sitze in der ganzen Zeit mit meinem besten *Ich-hab-Hunger*-Blick an der Schlafzimmertür. Schwanz wedelt. Blick bittend. Unt trotzem passiert: **nichts!**

Dann kommt der entscheidende Moment: Sie geht in die Küche. Ich schleiche hinterher – ganz unauffällig natürlich (okay, eher wie ein schmatzender Schatten...).

Und dann... dann steht sie da. Mit einer Schüssel. Und weißt du, was drin war?

Haferflocken. Mit Banane. Für sie.

Ich wiederhole: Für **sie**.

Also hab ich mich demonstrativ hingesetzt. Kopf leicht schief. Große Augen. Und das bisschen Sabber – das war **taktisch**.

Hat es gewirkt? Natürlich!

Ich habe ein kleines Stück Banane bekommen. Nicht mein Lieblingssnack, aber hey: Es war immerhin etwas!

Kurze Zwischenfrage an alle Menschen:

Wisst ihr eigentlich, wie viel Kraft so ein kleiner Hund wie ich braucht, um euch den ganzen Tag zu begleiten?

Ich trage Spielzeuge, bewache Türen, jage Schatten, belle Postboten an – das ist *Arbeit.* Und Arbeit verlangt Energie. In Form von Snacks. Frühmorgens. Spätestens um 7:32 Uhr!

Aber irgendwann kam sie dann doch noch mit meinem Napf. Und auch, dieses Geräusch, wenn das Futter auf den Boden klimpert... Fast wie Musik. Klassik. Für meinen Magen.

Fazit für heute:

Frühstück ist nicht nur die wichtigste Mahlzeit des Tages – es ist ein heiliger Moment. Und ich werde weiter dafür sorgen, dass meine Menschen das niemals vergessen.

Spaziergangsstrategien – Wie ich die Route bestimme

Liebes Tagebuch,

meine Menschen glauben ja, *sie* würden *mich* spazieren führen.

Haha.

Süß, oder?

Dabei ist das Ganze natürlich genau andersrum. Ich habe ein ganz klares System – und wer gut aufpasst, merkt es vielleicht sogar.

Strategie 1: Die Entscheidung an der Kreuzung

Wir stehen an der Ecke. Meine Menschen gucken nach links. Ich ziehe nach rechts. Und dann kommt dieser Blick von mir. Du weißt schon – der "Da riecht's heute interessanter"-Blick. Meine Menschen zögern. Ich ziehe leicht. Die Menschen geben nach.

Zack: Sieg auf ganzer Linie

Strategie 2: Der "Da war ich lange nicht mehr"-Ruck

Manchmal bleibe ich einfach wie angewurzelt stehen. Dann schnuppere ich ganz tief, als hätte ich die Spur eines vergessenen Abenteuers gewittert.

Ein kurzes Brummen dazu – nicht bedrohlich, aber bedeutungsvoll. Und schon geht's in die kleine Nebenstraße mit der verwachsenen Hecke. *Jackpot!*

Strategie 3: Der Klassiker – Die plötzliche Sitzblockade

Wenn gar nichts mehr geht und meine Menschen stur ihre Route abspulen wollen, setze ich mich einfach hin.

Mitten auf dem Weg.

Kein Weiterkommen.

Man nennt das auch: *Taktischer Rückzug mit moralischer Überlegenheit.*

Natürlich lasse ich mich manchmal auch einfach führen – wenn es Richtung Park geht oder zur Bank am Weg mit dem Bach dahinter. Aber ich bestehe darauf, dass gute Spaziergänge gemeinsam entschieden werden. Also von mir. Mit Rücksicht auf meine Menschen. Ein bisschen.

Heute war übrigens ein guter Tag. Wir sind an drei meiner Lieblingsstellen vorbeigekommen:

- Die große Wiese, wo heute wieder ein paar Schafe gegrast haben

- Die Bank am Bach, wo ich mich immer schön unter die Bäume legen kann

- Und die große Pfütze, die meine Menschen nie rechtzeitig sehen (hehe).

Fazit für heute:

Spazierengehen ist kein Weg von A nach B.

Es ist Kunst.

Man muss fühlen, riechen, ziehen, denken – und spontan sein. Ich bin ein echter Spaziergangsstratege.

Der böse Staubsauger – mein ewiger Feind

Liebes Tagebuch,

heute war einer dieser Tage.

Ich hab's schon gespürt, bevor es losging. Diese Unruhe in der Wohnung. Menschen, die plötzlich viel zu schnell laufen. Möbel, die verrückt werden. Teppiche, die zusammengefaltet werden. *Alarmstufe Rot: Der Staubsauger kommt.*

Ich weiß nicht, wer sich dieses Monster ausgedacht hat, aber ich schwöre dir: **Es lebt.**

Es brummt. Es saugt. Es verfolgt mich. Und es hat Hunger auf alles, was ich liebe – Krümel, Haare, manchmal sogar auf meinen Quietscheknochen (das war ein traumatisches Erlebnis)

Meine Menschen holen das Ding immer aus der Kammer, als wäre es ganz normal. Dann sagen sie sowas wie: "Kein Sorge, Snuppy. Das wird nicht lange dauern."

Aha. Und der Satz "Das wird nicht weh tun" ist vermutlich auch das letzte, was ein Keks hört, bevor er gegessen wird.

Ich versuche dann immer, mich wie so unauffällig wie ein Chamäleon mit Locken zu tarnen.

Hinterm Vorhang. Unter dem Tisch. Einmal habe ich mich sogar in den Wäschekorb gelegt. Aber dieses Ding... Es **findet** mich. Immer.

Heute habe ich es anders gemacht: Ich bin mit erhobenem Schwanz und leichtem Knurren in den Gegenangriff gegangen. Direkt auf die Düse zu.

Mutig. Tapfer. Ein echter Held.

Mein Herrchen hat gelacht. Der Mensch. Gelacht! Und gesagt: "Du kleiner Spinner."

Aber weißt du was?

Ich hab's gespürt. Das Biest hat gezuckt.

Es hatte Respekt.

Snuppys Anmerkung: Der Staubsauger bleibt mein Feind. Ich werde ihn weiter beobachten. Und wenn er einmal auch nur in die Nähe meines Spielzeugkorbs kommt... dann ist Krieg!

Mein geheimes Versteckspiel mit dem Lieblingsspielzeug

Liebes Tagebuch,

es gibt viele tolle Dinge in meinem Leben:

Leckerlis, weiche Kissen, halb heruntergefallene Käsebrote...
Aber *nichts* ist so wichtig wie mein Lieblinsspielzeug!

Es quietscht. Es fliegt. Es riecht nach mir.

Es ist mein Schatz.

Aber:

Man muss es beschützen.

Denn sobald jemand in der Wohnung aufräumt (siehe: "Der böse Staubsauger"), ist mein Spielzeug in Gefahr.

Deshalb habe ich ein System entwickelt. Ich nenne es:

"Operation Schnuffel-Versteck"

Die Grundregeln:

1. Nie zweimal hintereinander denselben Ort.

2. Nicht da verstecken, wo ich selbst gerne liege – zu auffällig

3. Unauffälliges Tragen ist der Schlüssel. (Ja, auch wenn das bedeutet, mit einem blauen Quietscheknochen im Maul durch den Flur zu schleichen wie ein Schmuggler.)

Meine bisherigen Top-Verstecke:

- Hinter dem Sofakissen links (die Menschen denken, das ist nur Deko!)

- Unter dem Vorhang – so offensichtlich, dass es wieder genial ist

- Im Wäschekorb – Bonus: da riecht es besonders gemütlich

- Und einmal... *unter meinem eigenen Bauch.* Ich habe mich einfach draufgelegt und so getan, als wäre ich müde. Meisterleistung!

Aber manchmal – das muss ich zugeben – vergesse ich, **wo ICH es versteckt habe.** Dann beginnt die große Suche. Mit hektischem Schnüffeln, wildem Buddeln in der Sofaritze und tiefem Seufzen, wenn ich's nicht finde.

Meine Menschen sagen dann: "Na Snuppy, hast du deine Geheimverstecke wieder vergessen?"

Nein. Ich nenne das: **Sicherheitsmaßnahme gegen Langpfoten!**

Heute habe ich es übrigens im Bett meiner Menschen versteckt. Unter der Bettdecke. Ich bin gespannt, wer es zuerst entdeckt.

(Spoiler: Ich. Natürlich.)

Snuppys Anmerkung: Ein Lieblingsspielzeug ist wie ein Schatz – man muss es hüten, bewachen... und manchmal dran knabbern.

Warum ich bei Regen nicht vor die Tür will

-Ein Thema, das viele Havaneser und andere Schlappohren nur zu gut kennen-

Liebes Tagebuch,

ich sage es gleich vorweg:

Ich. Mag. Keinen. Regen.

Nicht, weil ich aus Zucker bin (obwohl ich wirklich süß aussehe). Sondern weil der Regen alles komisch macht: Die Luft riecht seltsam, die Straße glitscht, und mit meinen Locken sehe ich nach drei Minuten aus wie eine Pfütze mit Augen.

Heute Morgen war es wieder so weit. Herrchen steht da mit der Leine in der Hand und ruft fröhlich: "Na Snuppy? Gassi?" Ich stehe an der Tür, werfe einen Blick hinaus... und bleibe wie versteinert stehen.

Was ich sehe:

Grauer Himmel. Tropfen auf dem Boden. Wind, der die Büsche durchschüttelt wie ein nasses Handtuch.

Was ich denke:

Nein. Einfach nein.

Aber Menschen verstehen solche stillen Proteste nicht sofort. Also versuche ich es subtil:

Ich gehe langsam rückwärts. Sehr langsam. Dann setze ich mich hin. Dann gähne ich. Dann tu ich so, als müsste ich plötzlich ganz dringend zurück auf die Couch – medizinischer Notfall: Kissenentzug!

Aber nein!

Die Tür geht auf. Der erste Tropfen trifft mich. Und ich mache... die *Regenhund-Mine*. Die Augen leicht zusammengezogen, den Kopf leicht gesenkt. Dazu einen Blick, der sagt: "Was habe ich getan, um das zu verdienen?"

Wir gehen trotzdem raus. Ich erledige meine Geschäfte. Schnell. Präzise. Ohne Umwege. Und dann?

Heim. Im Galopp. Zurück ins Trockene. Auf meine Decke, als hätte ich gerade einen Sturm überlebt (was ich ja quasi habe).

Mein Mensch lacht, trocknet mich mit dem Handtuch ab und sagt: "Du bist wirklich ein kleiner Prinz."

Ja. Ein nasser Prinz. Aber immerhin ein König der Würde.

Snuppys Anmerkung: Regen ist unnötig. Ich fordere Sonnengarantie bis mindestens 11 Uhr morgens!

Sonntag = Kuscheltag. Punkt.

Liebes Tagebuch,

es gibt Tage zum Rennen, zum Toben, zum Buddeln. Und dann gibt es **Sonntage.**

Sonntage sind für mich wie Leckerlis für die Seele.

Heute war so ein Sonntag. Draußen war es grau, ein bisschen kühl, aber drinnen:

Decken. Sofa. Beine, auf die ich mich legen konnte. **Kuschelalarm auf höchstem Niveau!**

Ich habe mich früh morgens ins Schlafzimmer geschlichen und bin leise und vorsichtig aufs bett gehüpft – nicht um jemanden zu wecken (na gut, vielleicht habe ich meine Menschen ein bisschen mit der Nase angestupst) – sondern einfach, um mich dazuzulegen.

Mein Frauchen murmelt: "Na Snuppy... schon wieder?" Und ich denke: Natürlich. Ist doch Sonntag.

Dann irgendwann im Wohnzimmer. Eine Tasse Kaffee für meine beiden Menschen, ein Kauknochen für mich. Und wir alle drei in dieser stillen Übereinkunft:

Heute machen wir **nichts**. Und das mit voller Hingabe.

Ich wechsle regelmäßig meinen Platz:

Mal Couch. Dann Teppich vor der Heizung. Dann Frauchens Beine oder Herrchens Bauch.

Zwischendurch ein Strecken. Ein Seufzen. Ein kurzes Ohrenkraulen.

Keine Hektik. Kein Zeitdruck. Kein Staubsauger. Nur wir. Und das leise Schnaufen aus meinem flauschigen Bauch.

Ich glaube, Menschen brauchen das auch. Sie vergessen das nur manchmal. Dass man nicht immer rennen muss. Dass nichts tun manchmal das Beste ist, was man tun kann.

Ich bin halt nicht nur süß – ich bin auch ein Kuschel-Coach.

Snuppys Anmerkung: Sonntag = Kuscheltag. Da gibt's kein Vielleicht. Kein Vielleicht morge. Kein Vielleicht später. Nur: Jetzt!

Ein Tag im Park – Die große Entensichtung

Liebes Tagebuch,

heute war ein richtig großer Tag. Also so ein *wirklich* großer, mit Gras unter den Pfoten, Sonne auf dem Rücken – und...

Enten!

Wir sind in den Park gegangen, was an sich schon ein Fest ist. Sobald ich das Wort höre - "Park" - fängt mein Schwanz schon an zu wedeln, noch bevor ich überhaupt aufgestanden bin.

Und heute? Heute war alles perfekt:

Gutes Wetter. Kein Regen. Wenig Wind. Kaum andere Hunde (auch gut, ich teile meine Stöckchen nicht gern.)

Wir gingen eine große Runde. Ich schnupperte an jedem Baum. **JEDER Baum erzählt eine Geschichte.**

Und dann – kurz vor dem Teich – blieb ich wie angewurzelt stehen.

Enten.

Zwei saßen am Ufer. Eine paddelte. Und eine stand einfach nur da und guckte mich an, als wollte sie sagen: *"Na, Kleiner? Willst du was?"*

Natürlich wollte ich was! Ich wollte sie beobachten. Vielleicht anstupsen. Oder anbellen. Oder einfach nur wissen, warum sie so unfassbar gelassen sind, obwohl ich da bin.

Ich schlich mich näher – ganz ruhig (also so ruhig, wie ein kleiner, aufgeregter Havaneser eben schleichen kann).

Und dann – FLAPP FLAPP FLAPP!

Sie flogen los. Laut. Als wäre ich ein Löwe und kein pelziges Staubwölkchen. Ich habe gebellt. Nicht aus Wut. Aus Respekt. Diese Tiere sind **magisch**. Sie laufen auf Wasser, schnattern im Chor und haben einfach *Null* Interesse an Spielzeug.

Herrchen hat gelacht. Er hat mich auf den Arm genommen und gesagt: "Die müssen sich erst noch an dich gewöhnen."

Klar. Ich mich auch an sie.

Snuppys Anmerkung: Der Park ist mein Dschungel. Und Enten? Die sind wie fliegende Legenden. Ich komme wieder, mit besseren Tarnkünsten!

Mission Leckerli –
Erfolgreich oder nicht?

Liebes Tagebuch,

heute war es wieder soweit:

Einsatzbesprechung um 09:15 Uhr. Ziel: Leckerli!

Ich wusste, dass da noch welche waren. In der Kammer. Bestimmt in der großen Plastikbox auf dem kleinen Kühlschrank. Durch die geschlossene Tür hab ich sie gerochen.

Und ich weiß auch, dass Frauchen denkt, ich merke nicht, wie viele davon *nicht* in meinem Napf landen.

Also begann ich mit

Phase1: Die Kontaktaufnahme:

Ich stelle mich hin. Blickkontakt. Schwanzwedeln. Kopf leicht schief. Das volle Programm.

Sie: "Was ist los, Snuppy?"

Ich: *Stummes, tiefgründiges Schweigen mit leichtem Winseln.* Ein Meisterwerk der nonverbalen Kommunikation. Sie lächelt. Keine Bewegung zur Kammertür. Mist.

Phase 2: Die aktive Beeinflussung:

Ich renne in die Küche. Blicke zur Tür. Blicke zu ihr. Wieder zur Tür. Einmal mit der Pfote dagegen getippt. Das heißt in meiner Sprache: "Na los jetzt!"

Reaktion: Ein Keks. Für sie. Nicht für mich.

Dann eben

Phase 3: Die künstlerische Darbietung:

Ich hole mein Spielzeug. Schleudere es durchs Wohnzimmer. Bringe es zurück, Setze mich hin. Warte...
Biete mich als Unterhaltungskünstler an. Dann sagt sie endlich: "Na, willst du dir einLeckerli verdienen?"

AHA! JETZT reden wir!

Ich mache "Sitz". Ich mache "Platz". Ich mache "Pfote" (linke UND rechte!). Ich starre sie an, als könnte ich durch Gedankenübertragung die Tür öffnen. Und dann...

kommt die Belohnung!

Ein Leckerli. Eine ganze Kaustange, nur für mich!

Mission erfolgreich.

Sieg durch Hartnäckigkeit, Charme und einer Prise Theater.

Snuppys Anmerkung: Wenn es um Leckerlis geht, bin ich schlau, schnell und kreativ. Und ein bisschen manipulierbar bin ich auch – aber nur, wenn Käse im Spiel ist!

Warum der Postbote (leider) keine Angst vor mir hat

Liebes Tagebuch,

ich habe ja grundsätzlich nichts gegen den Postboten. Er bringt Päckchen, Briefe und manchmal sogar etwas für mich (zumBeispiel mein neues Quietsche-Ei).

Aber trotzdem... **Ich bin verpflichtet, meine Menschen zu beschützen!**

Heute Morgen war es wieder soweit:
Ich döse gerade auf der Couch, da höre ich das leise Knirschen der Kieselsteine in der Einfahrt. Dann ein Klappern am Briefkasten. Und mein innerer Alarm springt an.

WUFF!
WUFFWUFF!!

Drei gezielte Warnlaute. Nicht zu viel, aber deutlich. Dann stürme ich zur Tür. Pfoten am Boden, Haltung: **Wachhund deluxe.** Ich belle. Ich scharre. Ich setze den "Das ist MEIN Revier!"-Blick auf. Und weißt du, was der Postbote macht?

Er winkt. Und: "Hallo Snuppy!" sagt er. In einem Ton, als hätte ich gerade fröhlich mit dem Schwanz gewedelt – und nicht wie jemand gebellt, der mutig sein Revier verteidigt!

Ich belle weiter. Etwas energischer. Und er? Grinst. Er **GRINST!**

Ich sag's dir ehrlich, Tagebuch: Das ist frustrierend! Ich gebe mir solche Mühe, ernst genommen zu werden – und er behandelt mich wie ein flauschiges Sofakissen mit Beinen.

Später frage ich mich: Liegt's an meiner Größe? Oder daran, dass ich beim Bellen oft gleichzeitig mit dem Schwanz wedle? Oder daran, dass ich beim letzten Mal vergessen habe, nachzusetzen, weil ein Keks runtergefallen ist (den ich natürlich sofort fachhundisch aufessen... äh, entsorgen musste)?

Vielleicht.

Aber morgen versuche ich's anders. Ein tieferes Bellen. Weniger Wedeln. Mehr Ernsthaftigkeit. Vielleicht mit einem dramatischen Blick durch den Türspalt.

Snuppys Anmerkung: Der Postbote hat keine Angst vor mir. Aber eines Tages... da wird er Respekt haben. Oder wenigstens mal ein Leckerli mitbringen.

Mein Besuch im Café -
Tischmanieren à la Snuppy

Liebes Tagebuch,

heute war ich wieder im Café. Und ich sage es gleich vorweg: Ich benehme mich dort vorbildlich. (Meistens...)

Meine Menschen setzen sich hin, bestellen irgendwas mit Milchschaum und sprechen mit der Bedienung, als sei das alles ganz normal.

Und ich?
Ich lege mich hin, direkt neben den Tisch.
Ganz unauffällig.

Also so unauffällig, wie ein flauschiger Havaneser mit aufgestellten Ohren und konzentriertem Blick Richtung Kuchentheke eben sein kann.

Ich bin nämlich nicht zum Spaß hier.
Ich bin hier wegen der Krümel, Und wegen der Möglichkeit, dass jemand etwas vom Tisch fallen lässt. Oder teilt. Oder mich aus Versehen für besonders süß hält.

Heute saß eine ältere Dame am Nebentisch. Sie hat mich angesehen, gelächelt – und dann gesagt:

"Na, du bist aber ein lieber Kerl."
Ich habe ihr ganz tief in die Augen geschaut. Mit dem Blick, der sonst Leckerlischränke öffnet.

Und siehe da:
Ein halbes Stück Croissant. Auf dem Boden. Ganz zufällig.

Natürlich habe ich gewartet, bis meine Menschen kurz weggesehen haben. Aber dann: *Schnapp!*
Elegant. Schnell. Wie ein Profidieb mit Stil.

Später habe ich sogar noch offiziell ein Stück Käse vom Teller bekommen – aus Höflichkeit, hat Herrchen gesagt. Ich sage:
Tischmanieren zahlen sich aus.

Ich bin höflich, ich belle nicht, ich schnorre mit Würde. Und ich bin absolut bereit, öfter ins Café zu gehen. Vielleicht bekomme ich irgendwann mal meine eigene kleine Keksplatte.

Snuppys Anmerkung: Wenn man sich zu benehmen weiß, öffnet sich die Welt. Oder zumindest ein Croissant!

Großeinkauf – Mein Wocheneinkaufsplan: Snacks, Snacks, Snacks

Liebes Tagebuch,

heute war Einkaufstag – und ich durfte mit! Ein ganz besonderer Tag, denn: Supermärkte sind **magisch!**

Schon auf dem Parkplatz fängt das Abenteuer an. Überall Wagen, Gerüche, verstreute Brötchenkrümel und... Leute mit Taschen voller Essen.
Das Paradies auf Rollen.

Herrchen sagt: "Snuppy, benehmen – du darfst mit rein, aber nur, wenn du brav bist!"
Und ich so: *Natürlich! Ich bin die Bravheit in Person. Also... Hund.*

Im Einkaufswagen sitze ich nicht. Ich laufe nebenher – mit aufrechter Haltung und professionellem Interesse an jeder Regalreihe.

Mein interner Einkaufsplan:

- Gang 1: Tiernahrung. Ich schnuppere, was es Neues gibt. Vielleicht ein Probebeutelchen?

- Gang 2: Wurst. Langsamer gehen. Intensiver Blickkontakt mit der Verkäuferin hinter der Theke.

- Gang 3: Käse. Nase hoch! Vielleicht fällt ein Würfelchen herunter?

- Gang 4: Brotabteilung. Krümelzone. Höchste Konzentration!

- Gang 5: Obst und Gemüse. Da bin ich kurz unaufmerksam. Ich hab da mal auf eine Gurke gebissen. War peinlich.

Manche Leute lächeln mich an. Einer sagte heute: "Der Kleine weiß genau, was er will."
Richtig. Ich will Snacks!

Am Ende stand ich an der Kasse wie ein Profi. Nicht gezuckt. Nicht gebellt. Nur leise geschnüffelt, als der Kunde vor uns eine Bifi auf das Kassenband gelegt hat. Was für ein Duft...

Belohnung:
Draußen gab's ein Stück Hundekeks - "Weil du so gut mitgemacht hast".
Ich nenne das: Erfolgreiche Logistik mit kulinarischem Fokus.

Snuppys Anmerkung: Großeinkauf ist kein Stress – es ist eine strategische Mission. Und ich bin der Snack-Scout.

Wie ich den Paketboten überlistet habe

Liebes Tagebuch,

der Paketbote ist ein faszinieredes Wesen. Er kommt nie zur gleichen Zeit. Er klingelt, klopft, stellt Dinge ab, verschwindet wieder. **Und er trägt diese mysteriösen Kartons.**

Was ist da drin? Leckerlis? Spielzeug? Neue Socken? (Die verschwinden hier eh ständig...) Ich weiß es nicht. Aber ich bin mir sicher: **Er weiß, dass ich da bin.**

Heute war es soweit.
Ich habe ihn kommen sehen – durch das Fenster.
Er mit seinem kleinen Scanner, ich mit meinem großen Plan.

Phase 1: Frühwarnsystem aktivieren.
Ein leises knurren. Ein Kontrollbellen. Tür im Visier. Pfoten bereit.
Phase 2: Überraschungsmoment.
Klingel. Mensch zur Tür. Ich springe blitzschnell aus dem Wohnzimmer und stelle mich zwischen ihn und die Haustür.
Position: Abfanghund.
Ziel: Kontaktaufnahme.
Phase 3: Die Überlistung
Tür geht auf – und zack – ich strecke die Schnauze raus. Nicht rausrennen. Natürlich nicht. Ich bin schließlich ein Profi.
Aber einmal schnüffeln am Schuh. Und dann – der Blick.

Der Blick, der sagt:
"Ich weiß, was du vorhast. Gib mir einfach das Paket. Und vielleicht... einen Snack."

Und weißt du was?
Er hat gelächelt.
Und gesagt: "Na, du passt gut auf, was?"

Natürlich passe ich gut auf! Ich bin quasi der Sicherheitsdienst in Fellform.

Er stellte das Paket ab – ganz langsam – und ging.
Aber diesmal...
Er drehte sich nochmal um. Und winkte.

Ich glaube, ich habe ihn ein bisschen beeindruckt.
Oder vielleicht hatte er einfach Mitleid. Ich hab nämlich beim schließen der Tür leise gequiekt – rein zufällig natürlich.

Snuppys Anmerkung: Paketboten überlisten ist ein Spiel aus Taktik, Körpersprache und Timing. Ich nenne es: Snuppys Logistikmanagement mit Herz.

Wer hat mein Körbchen verschoben?
(Ermittlungen laufen)

Liebes Tagebuch,

ich habe ein Körbchen.
Nicht irgendeins.
Mein Körbchen.

Es steht IMMER genau an der gleichen Stelle. Neben dem
Sofa, an der Heizung, mit optimalem Blick auf die Küche.
Ein strategischer Punkt.
Ein Ort des Friedens.
Der Wärme.
Der Krümel.

Und heute?
Heute war es verschoben.
Zehn Zentimeter nach rechts. Schräger Winkel. Keine Aussicht
mehr auf den Kühlschrank.

Verdacht geschöpft um 08:17 Uhr
Ermittlungen gestartet um 08:18 Uhr.

Schritt 1: Tatort sichern.

Ich umrunde das Körbchen zweimal.

Schnüffle an der Rückseite.

Keine Keksreste. Keine fremden Gerüche

Aber: Ein langes Haar.

Nicht von mir.

Schritt 2: Zeugenbefragung.

Ich schaue Herrchen an.

Unschuldig.

Ich schaue Frauchen an.

"Ich habe nur gesaugt", sagt sie.

Aha. Der Staubsauger. Wieder mal.

Schritt 3: Rekonstruktion des Tathergangs.

Ich stelle mich in mein Körbchen, genau wie sonst. Versuche, mich einzukringeln. Aber nein – der Blickwinkel stimmt nicht! Ich sehe den Kühlschrank nicht mehr direkt – nur noch schräg.

Das ist ein strategischer Nachteil.

Ich lege mich demonstrativ daneben.

Herrchen sieht es.

"Na, nicht gemütlich heute?"

GENAU!

Snuppys Anmerkung: Wenn das Körbchen nicht am gewohnten Platz steht, gerät das ganze Universum ins Wanken.
Ich hab die Lage inzwischen wieder korrigiert (durch geschicktes Anstupsen und Zerren mit der Schnauze).
Aber ich merke es mir.
Ich bin wachsam.

Warum ein Nickerchen besser ist als jede Yoga-Übung

Liebes Tagebuch,

Menschen reden oft davon, dass sie sich entspannen müssen.
Sie rollen Matten aus, atmen tief durch, machen komische
Verrenkungen und nennen das dann "Yoga".
Ich habe da eine viel bessere Methode:
Das Nickerchen.

Heute war so ein richtiger Nickerchen-Tag. Nicht viel los
draußen, keine Pakete, kein Staubsauger in Sicht.
Nur ich, mein Körbchen und ein Sonnenfleck auf dem Teppich.
**Perfekte Bedingungen für die hohe Kunst der
Tiefenentspannung!**

Ich habe mir also meinen Platz gesucht, mich gedreht
(zweimal, ganz wichtig!) und dann:
Kopf auf die Pfoten. Augen zu. Welt aus.

Und weißt du, was dann passiert?

Man hört plötzlich Dinge, die sonst untergehen:
Das leise Brummen vom Kühlschrank.
Das rhytmische Atmen meiner Menschen.
Der Wind draußen – ganz sanft gegen die Fensterscheibe.

Und mitten in all dem:
Ich. Ganz ruhig. Ganz bei mir.

Kein Gedanke an Futter. Kein Bellen. Kein Rennen.
Nur das Gefühl, dass alles gut ist.
Jetzt.
In diesem Moment.

Ich nenne das: Schnuffasana.
Die höchste Form innerer Ausgeglichenheit.
Mit flauschiger Decke.

Später sagt mein Frauchen:
"Du hast ja den ganzen Nachmittag verpennt, Snuppy!"

Ja.
Und zwar mit Stil!

Snuppys Anmerkung: Manchmal muss man gar nichts tun, um ganz viel zu erreichen.
Man muss nur liegen, atmen – und loslassen. Nickerchen machen ist meine persönliche Superkraft.

Der Unterschied zwischen "Nein" und "Vielleicht später"

Liebes Tagebuch,

Menschen sagen oft "Nein".
Aber – und das ist wichtig – **"Nein" heißt nicht immer Nein.**
Manchmal heißt es: "Nicht jetzt."
Oder: "Ich überlege es mir noch."
Oder sogar: "Wenn du mich weiter so anschaust, gebe ich gleich nach."

Ich habe das durch langjährige Erfahrung herausgefunden. Ein "Nein" am Tisch heißt zum Beispiel nicht: "Du bekommst gar nichts." Es heißt: "Nicht, solange wir noch unser Besteck benutzen."

Oder wenn ich mein Spielzeug um 23:18 Uhr bringe und Herrchen sagt: "Snuppy, nein – jetzt ist Schlafenszeit."
Dann weiß ich:
Da ist noch Verhandlungsspielraum!

Ich arbeite dann mit folgeden Mitteln:

Der Dackelblick
Lang. Intensiv. Mit leicht schiefem Kopf. Kann jedes "Nein" aufweichen wie ein Butterkeks in Milch.

Der still passive Protest

Ich lege mich mit dem Spielzeug direkt vor ihn.

Nicht laut. Nicht nervig. Nur... anwesend.

Manchmal reicht das schon.

Die Wiederholungstaktik

Fünf Minuten warten. Dann nochmal versuchen. "Vielleicht später" ist nämlich eine Einladung zur Geduld.

Natürlich gibt es auch echte Neins.

Das spüre ich.

Zum Beispiel beim Thema "Katzenfutter probieren" oder "auf dem Tisch sitzen". Aber selbst da...

Na ja..., ich beobachte...

Snuppys Anmerkung: "Nein" ist kein Ende. Es ist oft nur eine Pause. Und wer wartet, wedelt und lieb schaut, hat gute Chancen auf ein"Na gut, aber nur ein kleines Stück"!

Menschen und ihre komischen Rituale (zum Beispiel Frühjahrsputz)

Liebes Tagebuch,

ich verstehe ja viel.
Ich verstehe, dass Menschen arbeiten müssen.
Ich verstehe, dass ich beim Essen nicht auf dem Schoß sitzen darf.
Und ich verstehe sogar, warum der Staubsauger *manchmal* raus muss.
Aber ich verstehe eines nicht:
Frühjahrsputz!

Heute war es mal wieder soweit. Alles wurde plötzlich hektisch. Schränke gingen auf, Sachen wurden hin- und hergetragen, komische Sprays versprüht. **Und alle waren irgendwie gestresst.**

Ich lag friedlich in meinem Körbchen, wollte gerade ein kleines Mittagsschläfchen einleiten, da kommt Frauchen mit dem Wischmopp.
Und sagt:
"Snuppy, kannst du mal bitte kurz aus dem Weg gehen?"

Wie bitte?!
Ich bin Teil der Einrichtung! Ich *bin* das Wohnzimmer!

Dann hat sie angefangen, den Kleiderschrank auszumisten.
Und was finde ich?
Mein verlorenes Kauspielzeug!
Hinter einem Stapel Socken, tief unter einem alten Pullover.
Na also, doch etwas Gutes am Frühjahrsputz.

Aber insgesamt ist das alles sehr... ungemütlich.
Kisten stehen im Weg. Mein Napf wurde verschoben. Und
niemand hatte Zeit, sich mal fünf Minuten mit mir auf den
Boden zu setzen und einfach zu kuscheln.

Zwischendurch hab ich versucht, ein bisschen zu helfen:
Hab einen Lappen geklaut.
Wurde nicht belohnt.
Hab dann bellend die Besen angegriffen.
Wurde *auch* nicht belohnt...

*Snuppys Anmerkung: Menschen räumen manchmal Dinge auf,
die völlig in Ordnung waren. Ich finde: Frühling beginnt nicht
mit Putzen -*
sondern mit Sonnenliegen und Bauchstreicheln.

Das Mysterium der Socken –
eine Studie

Liebes Tagebuch,

ich habe ein Rätsel entdeckt.
Ein Phänomen.
Ein ungelöstes Kapitel der Mensch-Hund-Forschung.
Es geht um Socken.

Zuerst dachte ich: Socken sind einfach Stoffstücke. Weich. Gut zu tragen. Manchmal leicht angekaut – okay.
Aber inzwischen bin ich mir sicher: Socken führen ein geheimes Eigenleben.

Beweislage:

- Immer wenn gewaschen wird, **verschwindet eine.**

- Manchmal liegt eine einzelne im Flur. Ohne Erklärung.

- Ich finde Socken an Orten, an denen nie jemand welche ausgezogen hat – zum Beispiel im Garten. Oder im Brotkorb. (Okay, da war ich's vielleicht.)

Heute habe ich im Wäschekorb nachgesehen. Zwei linke. Kein rechter.
Drei verschiedene Farben. Keine Paarbildung in Sicht.

Und ich dachte: *Wenn das mein Spielzeug wäre, wäre ich längst hysterisch.*

Theorie 1: Socken teleportieren.

Ich meine, ehrlich – wohin verschwinden sie sonst?

Theorie 2: Es gibt eine geheime Sockenzentrale.

Tief unter dem Sofa. Mit einem Eingang, den nur Katzen kennen. (Sie arbeiten bestimmt zusammen.)

Theorie 3: Ich bin ein Teil des Problems.

Ich trage manchmal eine herum. Ich gebe sie nicht immer zurück. Aber ich sehe das als Feldforschung. Wissenschaft braucht Opfer. Und Kauproben.

Heute hat mein Herrchen übrigens gesagt:

"Na, Snuppy – wo hast du die Socke jetzt schon wieder hingetragen?"

Ich habe nicht geantwortet.

Ein guter Forscher verrät seine Quellen nicht.

Snuppys Anmerkung: Socken sind keine Kleidungsstücke. Socken sind Rätsel. Und ich bin dran.

Mein ultimativer Trick gegen Langeweile

Liebes Tagebuch,

manchmal passiert es:
Kein Spaziergang in Sicht.
Kein Besucher da.
Kein Leckerli-Geräusch.
Langeweile.

Für Menschen ist das nur ein Wort.
Für mich? Ein inneres Kribbeln. Eine leere Schüssel der
Aufmerksamkeit.
Und wenn das passiert, greife ich zu meinem **Geheimtrick.**

Trick Nr. 1: "Ich höre was, was du nicht hörst"

Ich gucke plötzlich hoch. Ganz gespannt. Ohren gespitzt.
Dann gehe ich langsam zur Tür...
...und bleibe stehen.
Frauchen schaut mich an:
"Was ist da draußen?"
Tja. Ich sag's nicht.
Denn: Jetzt ist was los. Spannung!
Und ich? Bin nicht mehr gelangweilt.

Trick Nr. 2: Strategisches Spielzeug-werfen

Ich nehme mein Spielzeug.
Ich schmeiße es leicht in Frauchens Richtung.
Manchmal landet es auf ihrem Fuß.
Ich starre sie an.
Dann nochmal.
Und nochmal.
Irgendwann gibt sie auf – und wirft. Sieg.

Trick Nr. 3: Der Tunnelblick auf die Snack-Schublade

Ich sitze davor. Ganz still.
Kein Mucks.
Nur Blick.
Dauerhaft.
Intensiv.
Hypnotisch.

Frauchen sagt dann meistens: "Snuppy, du hattest gerade erst etwas."
Und ich denke: Ja. Und jetzt ist "gerade erst" vorbei.

Trick Nr. 4: Der "Ich bin plötzlich total anhänglich"-Modus

Ich springe aufs Sofa.

Ich kuschle mich ran.

Ich atme tief.

Und dann – ZACK! – lecke ich Frauchen übers Gesicht.

Meistens bringt das Bewegung rein.

Und wenn nicht: Wenigstens ist es warm.

Snuppys Anmerkung: Langeweile ist nicht schlimm.

Man muss nur kreativ sein.

Oder nervig.

Oder beides.

Regeln, die ich freundlich ignoriere

Liebes Tagebuch,

ich weiß, dass Menschen gerne Regeln aufstellen.
"Das darfst du."
"Das darfst du nicht."
"Runter vom Sofa."
"Nicht betteln!"
"Nur **ein** Leckerli."

Und ich?
Ich höre zu.
Ich nicke. Innerlich.
Und dann... ignoriere ich sie. **Freundlich. Mit Stil.**

Regel 1: Nicht aufs Sofa
Ausgelegt als Empfehlung.
Wenn niemand drauf sitzt – wieso nicht?
Wenn jemand drauf sitzt – umso besser.
Ich bin schließlich weich. Ich bereichere das Sofa.

Regel 2: Keine Leckerlis zwischendurch
Ja... aber was ist "zwischendurch"?
Ich meine, der Tag hat doch viele Zwischenräume.
Und ich bin flexibel.

Regel 3: Keine Schuhe klauen
Ich klaue sie nicht.
Ich... **verschiebe** sie.
In andere Räume. Zur Duftpflege.

Regel 4: Nicht in die Küche beim Kochen
Ich bin kein Hund in der Küche.
Ich bin ein **Sicherheitsbeauftragter für herunterfallende Lebensmittel.**
Meine Aufgabe ist lebenswichtig.

Regel 5: Kein Bellen bei Türklingel
Ähm... Nein!
Da steht ein Mensch draußen.
Mit Schuhen. Und einer Tasche.
Vielleicht sogar mit einem Brötchen.
Da *muss* ich etwas sagen.

Ich verletze also keine Regeln –
 Ich... **interpretiere kreativ.**
Und bisher hat sich niemand ernsthaft beschwert.
(Einmal gab's ein strenges "Snuppyyy!", aber das zählt nicht.)

Snuppys Anmerkung: Regeln sind da, um mit einem charmanten Blick umgangen zu werden. Nicht aus Bosheit. Sondern aus Persönlichkeit

Warum ein bisschen Chaos zum Leben gehört

Liebes Tagebuch,

Menschen mögen Ordnung. Sie falten Dinge. Sie räumen auf.
Sie sortieren nach Farbe, Größe, "Saison" und was weiß ich...

Und ich?
Ich nenne das **Potenzialverschwendung.**

Heute zum Beispiel.
Ich hatte mein Spielzeug in der Küche, mein Kauholz im
Wohnzimmer und meine Decke quer im Flur verteilt. Ein
Kunstwerk in Bewegung.

Dann kommt Frauchen rein.
Sieht sich um.
Sagt:
"Snuppy! Hier sieht's ja aus wie bei Hempels unterm Sofa!"
Ich weiß nicht, wer die Hempels sind. Aber ich glaube, ich
würde sie gerne mal besuchen.

Dann fing Frauchen an, aufzuräumen.
Sie legte das Spielzeug in die Box. Die Decke hat sie
glattgestrichen. Und meinen Napf exakt 90° ausgerichtet.

Und ich?
Ich habe alles beobachtet.
Dann gewartet.
Dann... langsam... alles wieder verteilt.

Denn:
Chaos ist Kommunikation.

Wenn mein Ball im Bad liegt, sage ich: "Ich war heute sehr aktiv".
Wenn der Quietscheknochen im Bett liegt, sage ich: "Ich wollte kuscheln".
Wenn meine Decke im Weg liegt, sage ich: "Bleib kurz bei mir".

Chaos ist Erinnerung.

Jeder Krümel, jedes Spielzeug, jede verschobene Matte erzählt, wo ich war.
Und warum.
Und mit wem.

Chaos ist... einfach ich.

Ich bin kein Fan von Schubladen. Ich will mittendrin sein. Und manchmal ist ein bisschen Unordnung genau das, was ein Zuhause warm und lebendig macht.

Snuppys Anmerkung: Wenn alles immer ordentlich wäre, wäre ich nicht Snuppy.
Ein bisschen Chaos? Das ist Liebe. Mit Pfotenabdruck.

Mein bester Hundefreund und ich

Liebes Tagebuch,

ich habe viele Bekannte.
Die Bulldogge vom Nachbarhof.
Den Dackel mit dem krummen Blick.
Die übermotivierte Hündin vom Spielplatz (ich sag nur:
Energie-Überladung!)
Und dann gibt es noch **ihn.**

Meinen besten Hundefreund.

Er heißt – sagen wir mal – "Bo".
Bo ist nicht wie ich.
Er ist größer. Dicker. Gemütlicher.
Ein bisschen verpeilt manchmal, aber in einem charmanten
"Was machen wir hier eigentlich"-Modus.
Und trotzdem...
wir verstehen uns blind.

Unsere Freundschaft funktioniert so:

- Wir begrüßen uns immer mit einem kleinen Rempler

- Wir tun so, als würden wir uns nicht vermissen, wenn wir uns zwei Tage nicht sehen. Aber wir wedeln beide wie verrückt.

- Wir teilen Leckerli. Also meistens. (Ich schau schneller.)

Heute haben wir uns im Park getroffen. Er kam angerannt – na ja, eher angerollt – und ich bin sofort losgeflitzt.
Wir habe gerangelt, geschnuppert, das gleiche Gras beschnüffelt, wie eh und je. Und dann sind wir einfach nebeneinander gesessen. Still. Zufrieden. Zwei Hunde. Ein Moment.

Menschen sagen ja oft, echte Freundschaft erkennt man daran, dass man auch ohne viele Worte klarkommt.

Tja.
Wir brauchen nicht mal Worte.
Ein Schwanzwedeln
Ein kurzes Bellen.
Eine Nase in die Seite – das reicht.

Und wenn wir uns trennen, dann nicht mit Drama.
Sondern mit einem leichten Seufzer.
Und dem Gedanken: *Bald wieder, Kumpel.*

Snuppys Anmerkung: Ein bester Freund ist jemand, der dich versteht, auch wenn du nur schnupperst. Und der dich nie fragt, warum du dich gerade wieder im Dreck wälzt.

Begegnung mit einem sehr komischen Vogel

Liebes Tagebuch,

heute ist etwas passiert, das ich kaum in Worte – äh, Bellen –
fassen kann. Ich habe einen Vogel getroffen. Also nicht einfach
einen Vogel.
Einen... SEHR komischen Vogel.

Es war beim Spaziergang im Park. Ich trotte so vor mich hin,
schnuppere an einem Baum, scharre ein bisschen am Boden –
du kennst das.
Und dann höre ich es:
"Hallo!"

Ich bleibe stehen.
Blick nach rechts. Niemand.
Blick nach links. Niemand.
Blick nach oben...

Da sitzt er.

Ein bunter Papagei. Auf einem Ast. Mit knallrotem Bauch und
grünem Kopf. Er schaut mich an.
Kopfüber.
Und sagt nochmal: "Hallo!"

Ich war verwirrt. Tief verwirrt.
Kein Vogel hat je mit mir gesprochen. Also belle ich – ein höfliches, fragendes "Wuff?"

Er antwortet: "Na du, kleiner Wuschel!"

Jetzt war ich kurz davor, den Rückzug anzutreten. Ein sprechender Vogel?
Ist das erlaubt?
Ist das... Magie?

Ich ging ein paar Schritte rückwärts. Er flog runter – nicht direkt zu mir, aber ein Stück näher.
Dann sagt er:
"Snuppy ist ein braver Hund!"

Ich war schockiert. Er kennt meinen Namen?!
Ich habe mich umgedreht, ob vielleicht jemand hinter mir steht.
Aber nein – nur ich. Und dieser verrückte Papagei mit Sprachausgabe.

Später habe ich erfahren, dass er aus einem Garten entwischt ist. Er kann nur ein paar Worte sagen, und mein Name ist eins davon.

Warum? Keine Ahnung.
Vielleicht war ich mal da.
Vielleicht hat er mich beobachtet.
Oder vielleicht... bin ich berühmt.

Snuppys Anmerkung: Nicht alle Vögel sind gleich. Manche reden. Manche kennen deinen Namen. Und manche sind einfach... total verrückt. Aber auf eine gute Art.

Der große Moment beim Tierarzt
(Drama inklusive)

Liebes Tagebuch,

ich weiß, wann etwas im Busch ist. Wenn alle plötzlich ganz freundlich sind. Wenn ich ausnahmsweise *vor* dem Spaziergang gebürstet werde. Wenn der Autositz mit einer Kuscheldecke vorbereitet wird.

Dann weiß ich:
Tierarzt.

Heute war es mal wieder so weit. Alles begann mit dem Satz:
"Na komm, Snuppy, nur ein kurzer Check!"

Aha. Kurz.
Wie eine Badewanne "kurz" ist. Oder ein Donnergeräusch. Ich bin direkt ins Körbchen getaucht. Kopf unter das Kissen. Unsichtbar.

Spoiler: Sie haben mich trotzdem gefunden.

Die Hinfahrt

Ich war still.
Sehr still.
Nicht weil ich brav war – sondern weil ich innerlich protestiert habe. Stumm. Würdevoll. Passiv-aggressiv.

Im Wartezimmer

Gerüche von Angst, Desinfektionsmittel und... Keksresten?
Ein Chihuahua hat gezittert wie ein kaputter Wecker.
Eine Katze hat gefaucht – und ich war plötzlich sehr froh, kein
Tierarzt *für Katzen* zu sein.

Dann kam sie:
Die Tierärztin. Mit diesem freundlichen Lächeln.
Sie sprach leise. Fast zu leise.
Wie ein Ninja.
Ich roch die Gummihandschuhe.

Dann wurde ich hochgehoben. Auf den Tisch.
Auf den *kalten* Tisch.
Ich stand wie eine Statue.
Die Ärztin sagte: "Ganz ruhig Snuppy, ist doch nicht schlimm."
Nicht schlimm?!
Sie hat mir in die Ohren geguckt. In den Hals. Hat meinen
Bauch gedrückt. Dann kam **die Spritze.**

Ich hab nur kurz gezuckt. Kein Jammern. Kein Drama.
Aber im Inneren?
Ein Shakespeare-Monolog In fünf Akten.
Titel: "Verrat in der Praxis."

Und dann – war es vorbei.
Ich bekam ein Leckerli.
Ein echtes. Mit Fleischgeschmack.

Ich hab's genommen. Aber ich hab ganz langsam gekaut. Zur Strafe.

*Snuppys Anmerkung: Ich bin tapfer. Ich bin stark. Ich bin vielleicht ein bisschen empfindlich – aber **würdevoll empfindlich.***

Kleiner Hund, große Liebe –
Besuch bei Oma

Liebes Tagebuch,

heute waren wir bei Oma. Und ich sage dir gleich:
Oma ist MAGIE.

Schon bevor wir überhaupt da sind, weiß ich es. Ich rieche es im Auto. Ich spüre es an der Stimmung. Ich wedle, bevor wir die Einfahrt sehen.

Und dann – die Haustür geht auf.
Und da steht sie.
Mit ausgestreckten Armen, einem Lächeln bis zu den Ohren und – manchmal – einem kleinen Snack in der Tasche.
"Na, du Fellwunder!", sagt sie.
Und ich? Ich explodiere fast vor Freude.

Warum Oma die Beste ist:

- Sie fragt nicht, ob ich aufs Sofa darf

- Sie streichelt mich automatisch, sobald ich mich nähere – als hätte sie Hände mit eingebauter Streichelfunktion

- Sie gibt mir eine Scheibe Wurst und sagt dann leise: "Aber pssst, nicht verraten!"
  (Tagebuch, du verrätst nichts, oder?)

Heute durfte ich wieder durch den Garten flitzen. Oma hat extra die kleine Tür offen gelassen. Ich hab geschnuppert, gebuddelt (nur ein bisschen!) und dann unter ihrem Apfelbaum gelegen, als wäre ich der König des Gartens.

Drinnen gab's später Kaffee – für die Menschen – und ein Stück Käse – für mich.
Die Menschen saßen am Tisch, und ich darunter. Drei Generationen. Ein Rudel.

Oma hat übrigens auch immer den besten Geruch. Nach Seife, Keksen und ein bisschen Vergangenheit.
Ich glaube, diesen Geruch bekommt man ganz automatisch, wenn man lange genug lebt. Und ich hoffe, er bleibt mir für immer in der Nase.

*Snuppys Anmerkung: Bei Oma ist alles ein bisschen ruhiger. Ein bisschen wärmer. Und ich darf dort ein bisschen mehr. Ich bin dort nämlich nicht einfach nur Hund – ich bin **ihr Liebling!***

Wer ist dieser Kater in meinem Garten?

Liebes Tagebuch,

ich hab ihn wieder gesehen.
Den Kater.

Er sitzt einfach da.
Auf dem Gartenzaun.
Wie ein König.
Wie jemand, der denkt, der Garten würde ihm gehören.
Spoiler: Tut er nicht!

Heute früh – ich stehe auf, geh raus, schnuppere die
Morgenluft – und da ist er.
Mit diesem Blick.
So ruhig.
So... überlegen.

Er hebt nicht mal die Pfote. Er sitzt einfach nur da und starrt
mich an, als wäre *ich* das Haustier und *er* der Hausbesitzer.

Ich habe natürlich sofort **klare Grenzen gesetzt:**
Ein energisches Bellen.
Ein paar Runden um den Apfelbaum.
Ein entschlossenes Kratzen an der Erde.
Und er?
Sitzt da. Gähnt.
Ich verstehe ihn nicht.

Er bewegt sich kaum.
Er spricht nicht.
Er trägt kein Halsband.
Aber er kommt immer wieder.

Ich glaube, er ist eine Art... Gartengeist. Oder ein Zen-Meister in Fellform. Vielleicht will er mir etwas beibringen.
Ruhe. Gelassenheit. *Inneres Miauen.*

Oder vielleicht...
...ist er einfach nur ein bisschen unverschämt.

Später habe ich mich dann einfach neben den Zaun gelegt.
Nicht direkt neben ihn. Aber so... in Sichtweite.
Wir haben beide ins Nichts geschaut. Ein stiller Waffenstillstand. Vielleicht der Anfang von etwas Großem.
Oder nur ein Duell der Egos auf vier Pfoten.

Snuppys Anmerkung: Der Kater ist da. Ich bin da. Wir beobachten uns. Und irgendwann... reden wir vielleicht mal. Oder fangen gemeinsam eine Maus.

Gemeinsames Fernsehen -
nur, wenn es Snacks gibt

Liebes Tagebuch,

Fernsehen ist so eine Sache. Menschen schauen da stundenlang auf eine leuchtende Kiste. Da bewegen sich andere Menschen, Tiere, Autos, Bälle...
Und ich?
Ich versteh nicht alles -
aber ich verstehe weitere Snacks!

Heute Abend hieß es wieder: "Snuppy, komm, wir machen's uns gemütlich."
Magische Worte.

Ich springe also aufs Sofa.
Schnauze auf das eine Kissen, Hinterteil auf das andere.
Dann rolle ich mich zusammen. Und warte,
Nicht auf den Film. Nicht auf die Handlung. Nein.
Auf das Rascheln.

Irgendwann raschelt es IMMER.
Chips. Kekse. Knabberkram.
Manchmal auch Karottensticks, aber hey – ich bin nicht wählerisch.

Und dann beginnt mein Job.

Phase 1: Positionieren

Nicht zu nah. Nicht zu weit. Exakt so, dass mein Blick genau auf die Snack-Hand gerichtet ist.

Phase 2: Blickkontakt aufbauen

Langsam. Tief.

Nicht bettelnd -

erwartungsvoll. Elegant.

Phase 3: Geduld vortäuschen

Ich lieg da. Ganz ruhig.

Nur ab und zu ein leises Seufzen.

Ein gelegentliches Pfötchenanlegen auf das Sofa.

Und BÄM:

"Na gut, aber nur eins!"

Herrchen hat's wieder gesagt.

Ich hab gewonnen.

Mission erfüllt.

Und wenn nichts fällt?

Dann drehe ich mich um.

Rücken zu ihm.

Die ultimative Beleidigung im Hundesofa-Kodex.

Snuppys Anmerkung: Fernsehen ist nur dann interessant,
wenn es nebenbei etwas zu knabbern gibt.
Ich bin kein Serienjunkie -
ich bin ein Snackflüsterer.

Meine Meinung zu
"Fremde an der Tür"

Liebes Tagebuch,

ich bin ein freundlicher Hund.
Ein Kuschelprofi. Ein Spielzeugverteiler.
Aber ich habe auch eine Aufgabe. Eine Pflicht.
Ich bin Türwächter.

Wenn es klingelt, klopft oder auch nur der Briefkastendeckel klappert – **ich bin bereit.**

Heute hat es geklingelt
Zweimal.
Kurz.
Zack-zack.

Mein inneres Alarmsystem aktiviert sich sofort:
Bellen. Laut. Entschlossen.
Ich renne zur Tür, stelle mich in Position.
Pfoten fest am Boden. Blick nach oben.
Was auch immer da draußen ist – **es kommt hier nicht einfach so rein.**

Frauchen ruft von hinten:
"Snuppy, ist gut, ich geh ja schon!"

Ich höre, wie sie näher kommt. Ich bleibe trotzdem in Position.
Man weiß ja nie...

Die Tür geht auf.
Ein Mensch steht da.
Nicht der Postbote. Kein Nachbar.
Fremd.
Mit Mütze. Und einem Zettel in der Hand.
Ich belle. Kurz, aber bestimmt.
Er sagt: "Oh, der ist ja süß!"

SÜSS?!
Ich bin **Wachhund.**
Ich bin **Verteidiger des Hauses.**
Ich bin *Snuppy, der Schrankensteller.*

Aber... ich lasse mich dann doch ein bisschen kraulen.
Nur zur Tarnung natürlich.
Man will ja keinen Verdacht erregen.

Später bekomme ich ein Leckerli für mein Verhalten.
"Gut gemacht, du hast aufgepasst."
Natürlich hab ich das.
Das ist mein Job.

Snuppys Anmerkung: Fremde an der Tür werden analysiert,
beurteilt und – je nach Sympathiefaktor – angebellt.
Ich nehme das nicht persönlich.
*Ich nehme das **ernst**.*

Mein Traum –
Ein ganzer Garten nur für mich!

Liebes Tagebuch,

heute habe ich geträumt.
Mit offenen Augen.
Mit wedelndem Schwanz.
Mit einer Vision so groß wie... ein Garten.
Ein Garten – nur für mich.

Stell's dir vor:
Ein endloses Stück Wiese. Eingezäunt natürlich (ich bin ja kein Rebell), aber groß.
Sehr groß.
Mit Bäumen.
Büschen.
Einem kleinen Teich.
Und überall:
Gerüche. Geräusche. Geheimnisse.

Es gäbe einen Buddelbereich – mit lockerer Erde, nur für mich.
Niemand würde "Nein!" rufen.
Niemand würde den frisch bepflanzten Bereich absperren.
Nur ich, meine Pfoten und das große Glück unter der Oberfläche.

Dann gäbe es natürlich auch eine **Sonnenecke.**
Ein Platz, auf den immer die Sonne scheint. Da würde ich mich mittags hinlegen, ale vier Pfoten in die Luft strecken und aussehen wie ein überdimensionaler, glücklicher Teddybär.

Und was wäre so ein Garten ohne einen **Snackbaum**?
Der trägt keine Äpfel, sindern Trockenfleischröllchen.
Man muss nur einmal bellen – *zack*, fällt eine runter.
(Wenn das technisch nicht geht, nehme ich auch eine versteckte Schublade. Da bin ich flexibel.)

Es gäbe Verstecke. Tunnel. Vielleicht ein Hängesofa.
Und mittendrin ein kleines Schild:

**"Snuppyland –
Zutritt nur mit Kuschelerlaubnis."**

Ich weiß, es ist nur ein Traum.
Aber manchmal –
wenn ich im echten Garten liege, die Nase im Wind,
die Vögel singen –
dann fühlt es sich an, als wäre er schon da.

Snuppys Anmerkung:
Man braucht keinen riesigen Garten, um frei zu sein.
Nur einen Lieblingsplatz.
Und jemanden, der sagt:
"Bleib ruhig noch ein bisschen".

Was ich machen würde, wen ich einen Tag lang ein Mensch wäre

Liebes Tagebuch,

heute habe ich mich gefragt:
Was wäre, wenn ich für einen einzigen Tag ein Mensch wäre?
Ein echter Zweibeiner.
Mit Stimme, Händen, Hosentaschen
(ich LIEBE Hosentaschen!) - und der Fähigkeit, meine eigenen Leckerlis aus dem Schrank zu holen.
Also... was würde ich tun?

Zuerst: Frühstück
Aber nicht irgendeins.
Ich würde den Tisch decken mit allem, was ich als Hund nie kriege:
Frikadellen, Leberwurst, drei Sorten Käse, Rührei mit Speck – und *keine einzige Banane!*
Dann würde ich alles auf einmal essen.
Ohne Messer. Ohne Gabel.
Nur aus Prinzip.

Danach: Ein Spaziergang – aber auf MEINE Weise!

Kein "Komm jetzt!"

Kein "Nicht in die Pfütze!"

Ich würde mich selbst Gassi führen.

Langsam.

Mit Umwegen.

Ich würde stehen bleiben, wann ich will.

Zum Beispiel, um eine Blume zu beschnüffeln.

Oder einem Schmetterling hinterherzurennen.

Am Nachmittag: Tierheim besuchen

Ich würde hingehen, Leckerlis verteilen, alle streicheln.

Und sagen: "Bald habt ihr auch euer Zuhause."

Weil ich's ja weiß.

Weil ich's spüre.

Weil ich als Hund gelernt habe, wie sich "warten" anfühlt.

Abends: Aufs Sofa

Kuscheldecke. Serienabend.

Und ich würde meinen Hund – also mich selbst – ganz fest in den Arm nehmen und sagen:

"Du bist das Beste, was mir je passiert ist."

Snuppys Anmerkung: Wenn ich Mensch wäre, würde ich versuchen, so zu sein wie die, die mich lieben.
Geduldig.
Herzlich.
Mit immer einer Hand frei fürs Ohrenkraulen.

Reisen mit Stil –
meine Vorstellung von Urlaub

Liebes Tagebuch,

Menschen reden ständig von "Urlaub". Sie packen Taschen,
verschwinden für Tage, kommen dann gebräunt zurücl und
erzählen etwas von "Erholung" und "Buffets".
Ich hab das mal analysiert.
Und dann beschlossen:
Wenn ICH in den Urlaub fahre – dann richtig!

Mein perfekter Urlaub beginnt im Auto
Aber nicht auf der Rückbank.
Nein.
Ich sitze vorne. Beifahrersitz. Sicherheitsgeschirr natürlich,
aber mit Aussicht.
Fenster leicht offen, Wind in den Ohren – und Musik.
Keine Menschenmusik. **Hundemusik.** Vögel, Bachplätschern,
vielleicht eine leise Kaugeräusch-Untermalung.

Ziel: Ein hundefreundliches Luxushotel
Mit weichem Teppichboden.
Eigenem Napfzimmer.
Und einem Bett, auf dem "Vierbeiner willkommen" eingestickt
ist.

Roomservice?
Klar. Trockenfleisch auf Porzellan, bitte.

Tagesprogramm:

- **Morgens:** Massage (leichte Rückenklopfung vom
  Lieblingsmenschen)

- **Mittags:** Schnüffelrallye durch den Wald

- **Nachmittags:** Pool. Flach. Mit Quietschspielzeug am
  Rand

- **Abends:** Lagerfeuer, Bauchstreicheln, Sternegucken

Und zwischendurch:
Ein kleines Eis.
(Es gibt hundefreundliches Eis. Ich habe da Recherche
betrieben.)

Wichtig:
Kein "Bleib mal draußen, Hunde dürfen da nicht rein".
Kein "Du wartest kurz im Auto".

Nein, danke.
Ich bin im Urlaub. Ich gehe überall mit rein.
Ich bin der Star der Anlage.

Snuppys Anmerkung: Urlaub ist da, wo es nach Abenteuer riecht, der Magen nie ganz leer ist und man am Abend auf einer warmen Decke einschläft -
mit Sand an den Pfoten und einem Grinsen im Gesicht.

Wie ich einmal fast ein Superheld geworden wäre

Liebes Tagebuch,

ich war heute kurz davor, **ein echter Superheld zu werden!**
Mit allem drum und dran: Mut, Action, eine windige Kapuze
(okay, ein Schal...), und einem Fall für die Geschichtsbücher.

Es begann harmlos.
Ein Spaziergang.
Die Sonne schien, ich fühlte mich stark, meine Ohren
flatterten leicht im Wind – es war der perfekte Tag für Größe.

Plötzlich:
Ein Rascheln.
Ein Knacken.
Ein zitterndes Quietschen im Gebüsch.

Ich spitze die Ohren, stelle den Schwanz auf.
Heldenhaft.
Und springe ins Gebüsch.
Ohne zu zögern.
Ohne Rücksicht auf sauberes Fell.

Was ich fand?
Einen Ball.
Nicht meiner.
Ein verlorener, leicht matschiger, einsamer Ball.
Ganz allein.

Ich nahm ihn ins Maul. Trug ihn zurück.
Er wartete.
Die Kinder von nebenan standen da – mit großen Augen.
"Snuppy hat ihn gefunden!" rief eins.

Ich schwöre, sie haben geklatscht.
Also... in Gedanken.
Ich hab es gespürt.

Ab diesem Moment war ich ein Held.
Ich stand da, Ball im Maul, stolz wie ein König. Die Sonne ging
hinter mir unter (jedenfalls fast),
und mein Mensch sagte:
"Du kleiner Streber."

Streber?
Superheld!
Mit Herz.
Und gutem Riecher.

Snuppys Anmerkung: Nicht alle Helden tragen Umhänge.
Manche tragen matschige Bälle.
Und manchmal braucht es nur einen kleinen Moment, um ein
großer Hund zu sein.

Der perfekte Tag –
laut Snuppy

Liebes Tagebuch,

ich hab heute lange nachgedacht.
Was macht einen Tag **perfekt**?

Muss etwas besonderes passieren?
Ein Abenteuer? Ein neuer Ball?
Oder ist es viel einfacher?

Ich glaube:
Ein perfekter Tag beginnt mit dem richtigen Geräusch.
Das ist kein Wecker.
Das ist das leise Rascheln einer Hand in der Leckerli-Box.
Noch bevor ich die Augen richtig auf habe.

Dann:
Ein bisschen Dehnen
Ein lautes Gähnen.
Ein langsamer Spaziergang mit viel Zeit für Umwege.
Fürs Schnuppern.
Fürs Stehenbleiben.
Für den einen besonderen Grashalm, der einfach besser riecht
als alle anderen.

Mittags liege ich dann am liebsten in der Sonne.

Auf meinem Lieblingsplatz.

Vielleicht mit einem Kaustreifen.

Vielleicht nur so.

Einfach daliegen.

Zuhören.

Dösen.

Am Nachmittag jemand zu Besuch, den ich mah.

Ein bisschen Spielen.

Ein bisschen Kraulen.

Vielleicht eine neue Socke.

Und abends?

Couch.

Kuscheln.

Ohren kraulen.

Ein seufzendes "Ach Snuppy... du bist echt der Beste."

Und ich denke: Ja. Weiß ich.

Dann noch ein letzter Gang raus.

Ein Blick in die Sterne.

Ein Kontrollschnüffler an der Hecke.

Und dann:

Eingerollt ins Körbchen.

Zufrieden.

Warm.

Und mit dem Wissen:

Heute war einfach alles gut.

Snuppys Anmerkung: Der perfekte Tag ist kein großes Spektakel. Es sind die kleinen Dinge, die aus einem normalen Tag den besten Tag der Welt machen.

Mein Wunschzettel für Weihnachten (mit Kommentaren)

Liebes Tagebuch,

ich weiß, Weihnachten ist noch ein bisschen hin.
Aber **man kann nie zu früh planen.**
Die Menschen schreiben Wunschlisten, schicken sie an den Weihnachtsmann (oder auch Amazon), und ich dachte:
Warum nicht auch ich?

Also, hier ist er – mein offizieller, streng geheimer (und ganz leicht kommentierter)

Wunschzettel für Weihnachten:

1. **Eine ganze Tüte Leckerlis – nur für mich.**
   Nicht "zum Teilen". Nicht "nur eins am Tag".
   Nein.
   Für. Mich.

2. **Ein unzerstörbares Quietschspielzeug.**
   Alle anderen halten nur genau drei Minuten. Das ist enttäuschend.
   Ich brauche etwas mit Würde.
   Und Widerstandskraft.

3. **Ein großer Karton – ohne Inhalt.**
Ja, wirklich.
Ich liebe Kartons. Ich setz mich rein, ich klettere drauf, ich lebe dafür.
Und wenn er raschelt? **10 von 10!**

4. **Eine Decke, die IMMER warm ist.**
Es gibt diese Momente, wenn man vom Spaziergang zurückkommt, nass ist – und sich einfach in Wärme wickeln will. Sofort. Ohne Warten.
Eine Wärmedecke mit Sofortkuschel-Funktion wäre ideal.

5. **Ein eigener Platz am Tisch.**
Ich will ja gar nicht direkt VOM Tisch essen.
Aber dabeisitzen.
Mit Serviette.
Und Blick auf die Bratensoße.

6. **Ein Schneetag mit Sonne**
Ich weiß, das ist schwer planbar – aber wenn ich's mir wünschen darf: Kalter, glitzernder Schnee zum Hineinwerfen + Sonne zum Auftauen danach. Bitte mit heißem Kakao für die Menschen. Ich nehme 'nen Keks.

7. **Einen Tag, an dem keiner sagt: "Snuppy, runter da!"**
Einfach mal machen dürfen.
Sofa. Bett. Tisch. Alles ausprobieren. Nur für einen Tag.
Nur mal gucken.

Snuppys Anmerkung: Ich weiß, dass Weihnachten nicht nur Geschenke bedeutet.
Es geht um Zeit, Wärme, Familie – und ganz viel Gekraultwerden. Aber falls jemand trotzdem fragt, was ich mir wünsche:
Ich bin vorbereitet.

Meine Top-5 Lieblingsplätze auf der Welt (bisher)

Liebes Tagebuch,

manche sagen ja:
"Die Welt ist so groß – wo soll ich bloß hin?"
Ich sage: **"Die Welt ist genau richtig – wenn man weiß, wo man sein will."**

Ich hab in meinem kleinen Hundeherz schon viele Orte erlebt. Und heute verrate ich dir meine ganz persönlichen Lieblingsplätze.

Platz 5: Unter dem Esstisch, wenn jemand isst.
Der Boden ist da besonders spannend. Da fallen Dinge runter, die man offiziell gar nicht kriegen dürfte.
Käse. Gurke. Krümel.
Es ist wie eine Mini-Schatzsuche mit Geschmack.

Platz 4: Die Parkbank mit Sonne.
Da, wo ich immer mit meinen Menschen sitze.
Sie trinken etwas, ich liege an ihren Füßen. Wir sagen nichts.
Aber alles ist gut.
(Selbst, wenn mal kein Keks dabei ist.)

Platz 3: Mein Körbchen nach einem langen Tag.

Wenn ich kaputt, zufrieden und leicht müffelnd von draußen reinkomme und mich einfach reinfallen lasse – das ist nicht nur ein Platz. Das ist Heimat.

Platz 2: Der Garten, direkt neben dem Apfelbaum.

Da riecht es nach Erde, Leben und alten Abenteuern. Und manchmal liegt da auch mein Lieblingsspielzeug.
Oder eine Feder.
Oder ich. Einfach nur so. Einfach, weil es schön ist.

Platz 1: Immer da, wo meine Menschen sind.

Klingt kitschig? Vielleicht.
Aber es ist wahr. Ob Couch, Küche, Auto, Campingplatz oder auf dem Boden beim Filmabend – **wo sie sind, ist mein Lieblingsplatz.**

Snuppys Anmerkung: Lieblingsplätze müssen nicht groß, weit weg oder besonders teuer sein. Sie müssen nur nach Zuhause riechen.
Und nach Liebe. Und vielleicht ein bisschen nach Käse.

Der schönste Tag des Jahres
(Geburtstag!)

Liebes Tagebuch,

Heute war es wieder so weit.
Mein Geburtstag.
Ein ganz besonderer Tag.
Ein Tag, an dem ich offiziell im Mittelpunkt stehen darf -
auch wenn ich das an allen anderen Tagen heimlich sowieso
schon tue.

Ich wusste schon morgens, dass heute etwas anders ist.
Die Stimmung.
Die Aufregung.
Der Duft von... Leberwurstmuffins?

Dann kamen meine Menschen ins Wohnzimmer. Mit einem
Paket.
"Alles Gute, Snuppy!" haben sie gesagt.
Und ich? Ich bin fast geplatzt vor Freude.
Ich habe gebellt, geschnüffelt, gewedelt, geschnuppert – und
dann das Papier zerrissen.
Ein Geschenk! Für **mich**!

Inhalt:
Ein neues Quietschetier.
Ein Stück Trockenfleisch in Herzform.
Und ein kleines Schild, auf dem stand:
"Bester Hund der Welt."
(Das wusste ich ja schon. Aber es ist schön, das schriftlich zu haben.)

Später kamen noch ein paar Gäste.
Oma.
Der Nachbarshund Bo.
Und sogar meine Lieblingsdecke wurde frisch gewaschen –
also wirklich alles!

Es gab einen Mini-Kuchen nur für mich. Mit Quark und Karotte.
Und eine Kerze (die ich nicht auspusten durfte, aber angeschaut habe wie ein Profi).
Sie haben für mich gesungen.
Ich habe mitgebellt.
Wir nennen das **harmonisches Rudelsingen.**

Am Ende lag ich völlig zufrieden auf dem Sofa.
Mit vollem Bauch.
Mit neuem Spielzeug im Maul.
Und mit ganz viel Liebe im Herzen.

Snuppys Anmerkung: Geburtstage sind nicht nur für Menschen. Geburtstage sind der offizielle Beweis dafür, dass man geliebt wird – und das darf ruhig ein bisschen gefeiert werden.

Mein erster Schnee – und warum ich danach aufgetaut werden musste

Liebes Tagebuch,

ich erinnere mich gerade an **meinen allerersten Schneetag.**
Ich weiß noch, wie ich morgens aufgewacht bin, zur Tür
gerannt bin – und...
die Welt war weg!

Also, nicht wirklich weg.
Aber komplett anders.
Weiß. Leise. Weich.
Und überall kleine, glitzernde Häufchen, die ich SOFORT
untersuchen musste!

Ich wurde angeleint, rausgeschickt – und stand erstmal still.
Ein bisschen überfordert.
Ein bisschen begeistert.
Ein bisschen... *gefroren.*

Dann hab ich geschnuppert.
Einmal. Zweimal.
Dann bin ich mit allen vier Pfoten gleichzeitig losgerannt.

Und hingefallen.
Aber: Mit Stil.
Wie ein kleines, wuscheliges, fröhliches Schneeflöckchen, das
zu viel Energy-Drinks getrunken hat.

Ich hab den Schnee gefressen (schmeckt nach nichts, macht
aber Spaß).
Ich bin durch den Garten gepflügt wie ein flauschiger
Schneepflug.
Ich habe versucht, einen Schneeball zu fangen – und war sehr
verwirrt, als er sich in der Luft aufgelöst hat.

Nach zehn Minuten war ich **durchgefroren.**
Meine Locken waren voller Schnee.
Meine Ohren klamm.
Meine Pfoten fühlten sich an wie Eiskugeln mit Zehen.

Ich kam rein – und wurde **aufgetaut.**
Frauchen hat mich in eine Decke gewickelt.
Ganz fest.
Dann gab's warmes Wasser, eine Streicheleinheit und diesen
Satz:
"Du bist wirklich verrückt."
Ich nenne es eher **winterlich motiviert.**

Snuppys Anmerkung: Schnee ist magisch. Aber bitte mit Wärmflasche, Kuscheldecke und Kakao (für die Menschen – ich nehm 'nen Snack). Und beim nächsten Mal weiß ich: Schneebälle sind keine Beute. Aber sehr gute Unterhaltung.

Wasser + Snuppy = Chaos?

Liebes Tagebuch,

Wasser ist ein seltsames Ding.
Es kann leise sein. Oder laut.
Es kann tropfen, spritzen, plätschern oder einen mit voller
Wucht anspringen.
Und egal wie oft ich's erlebe -
es endet immer im Chaos.

Heute war wieder so ein Tag. Es hatte geregnet, und der
Garten war voll kleiner Pfützen.
Ich liebe Pfützen.
Nicht zum Trinken. Nicht zum Umgehen.
Zum Reinspringen.

Ich habe mir die größte ausgesucht.
Bin angelaufen.
Volle Pfotenpower.
Und dann – PLATSCH!
Mittendrin.
Wasser in alle Richtungen.
Mein Bauch klatschnass. Meine Ohren spritzgebremst.
Ein Kunstwerk in Bewegung.

Herrchen kam raus, sah mich -
und sagte nur:
"Na super."
Ich sag: *"Kunst ist Chaos, mein Freund."*

Noch schlimmer (oder besser?) wird es in der Badewanne.
Wenn ich wirklich dreckig bin – wie heute – dann kommt der
Duschkopf. Das Geräusch ist schon der erste Warnschuss.
Dann werde ich in die Wanne gesetzt. Ich bin brav. Aber tief
beleidigt.

Ich sehe aus wie ein nasses Wollknäuel.
Ich stehe wie eine Statue.
Und innerlich schreie ich:
"Ich war mal ein stolzer, flauschiger Havaneser!"

Nach dem Bad renne ich wie vom Blitz getroffen durch die
Wohnung.
Ich nenne das **Zentrifugaltechnik.**
Es ist meine Art zu trocknen. Und alle Möbel helfen mit.

Snuppys Anmerkung: Wasser ist nicht mein Feind – aber wir habe eine sehr... aktive Beziehung. Ich liebe es in freier Wildbahn. Aber in der Wanne? Naja... sagen wir: "Künstlerische Differenzen".

Mein erster richtiger Strandtag

Liebes Tagebuch,

heute war es so weit:
Mein allererster Strandtag.
Und wow – ich wusste gar nicht, dass die Welt so groß sein kann.
So windig.
So salzig.
Und so voller Sand!

Schon als wir aus dem Auto stiegen, roch ich es.
Etwas zwischen Fisch, Freiheit und nassem Algenabenteuer.
Ich war sofort aufgeregt.
Nicht nervös – **begeistert**.

Der erste Blick:
Wasser bis zum Horizont.
Möwen, die über mich lachen.
Ein riesiger Sandplatz ohne Leinenpflicht (naja... fast).
Ich hab mich einmal im Kreis gedreht, dann bin ich losgerannt
– **und hab gebuddelt wie ein Weltmeister.**

Ich habe versucht, eine Muschel auszugraben (sie war etwas enttäuschend).

Ich habe eine Krabbe angebellt (sie war beeindruckt – oder beleidigt).

Ich habe meine Pfoten ins Meer gestreckt – und dann schnell wieder rausgezogen.

KALT!

Später kam dann der große Moment:

Ich hab meinen Ball ins Wasser geworfen.

Also, eigentlich hab ich ihn nicht geworfen. Er ist einfach... weggeflutscht.

Aber ich bin hinterher.

Bis zum Bauch rein.

Mit aufgestellten Ohren und wedelndem Schwanz.

Held der Wellen.

Zurück am Strand wurde ich abgetrocknet (eine Mischung aus Massage und Wrestlemania).

Dann lag ich da – eingekuschelt in ein Handtuch, der Wind wehte mir durch die Locken, und ich dachte:

Ich könnte hier bleiben. Für immer.

Snuppys Anmerkung: Strand ist wie der große Bruder vom Park – lauter, größer, salziger. Und voller Überraschungen. Ich komme wieder. Mit Eimer. Und Schaufel.

Mein erster eigener Ball
(und was daraus wurde)

Liebes Tagebuch,

jeder Hund erinnert sich an seinen ersten Ball. Ich meine **den ersten richtigen Ball.**
Nicht irgendeinen alten Tennisball vom Spielplatz.
Nicht den zerquetschten Gummiball vom Flohmarkt.
Nein – **meinen eigenen Ball.**

Ich hab ihn an einem Dienstag bekommen.
Er war rot.
Er hat gequietscht.
Er roch neu.
Und er war nur für mich.
Keine Leine dran. Kein Teilen. Kein "Pass gut drauf auf!"
Nur: *"Der ist für dich, Snuppy."*

Ich hab ihn herumgetragen wie einen Schatz.
Hab ihn ins Körbchen gelegt.
Hab ihn nachts bewacht.
Hab ihn vorsichtig in den Garten gebracht – nur unter Aufsicht.
Wir waren unzertrennlich.

Dann kam der Tag...

...an dem ich ein kleines bisschen zu stürmisch war.

Ich hab gebissen.

Nicht aus Wut – aus Liebe!

Ein tiefer Quietscher.

Dann ein zweiter.

Dann: PFFFFT.

Er blubberte.

Er sank zusammen wie ein Soufflé ohne Hoffnung.

Ich hab geschaut.

Dann geguckt.

Dann gejault.

Mein Frauchen kam, hat mich gestreichelt und gesagt:

"Na, Snuppy... die halten leider nicht ewig."

Autsch.

Aber weißt du was?

Ich hab ihn trotzdem behalten.

Auch platt.

Auch still.

Weil: **Er war mein erster Ball.**

Heute liegt er ganz hinten in der Spielzeugkiste.

Ein bisschen verbeult.

Ein bisschen zerkaut.

Aber immer noch meiner.

Snuppys Anmerkung: Manche Dinge sind nicht dafür gemacht, ewig zu halten – aber sie bleiben trotzdem für immer in deinem Herzen. Oder in deinem Körbchen.

Der Tag, an dem einfach alles klappte

Liebes Tagebuch,

heute war so ein Tag, den man sich am liebsten einrahmen würde.
Kein Drama. Kein Chaos.
Einfach alles hat geklappt.

Es fing damit an:
Ich bin aufgewacht – und mein Lieblingsspielzeug lag direkt neben mir.
Zufall? Magie? Gute Organisation im Schlaf?
Egal.
Ich hab kurz drauf gekaut, gegähnt – und dann ging's los.

Der erste Spaziergang?
Pünktlich.
Sonne.
Kein Wind.
Und ich hab das perfekte Stöckchen gefunden – leicht, gerade, mit exzellenter Kautiefe.

Dann: Frühstück
Nicht zu spät.
Nicht zu trocken.
Mit einem Bonus-Käsewürfel. Ich hab ihn gekriegt, ohne auch nur einmal traurig gucken zu müssen.

Mittags: Gartenzeit
Und – ich schwöre –
der Nachbarskater war NICHT da.
Keine Provokation. Keine stille Konfrontation.
Nur ich, ein Schmetterling und eine leichte Brise.
Ich hab versucht, den Schmetterling zu fangen.
Ich hab's nicht geschafft.
Aber es sah gut aus.

Am Nachmittag kam Besuch
Meine Lieblingsoma.
Mit Tasche.
Mit Keks.
Mit Ohrenkraulen, bei dem ich fast eingeschlafen bin.

Und dann – abends –
haben sich meine Menschen einfach aufs Sofa gesetzt, die
Decke ausgebreitet, mich angeschaut und gesagt:
"Na komm, heute machen wir's uns richtig gemütlich."
Ohne, dass ich was sagen musste.
Ohne Strategie.
Ohne "Pfötchen" oder "Sitz".
Einfach so.

Snuppys Anmerkung: Es gibt diese seltenen Tage, an denen alles läuft.

Wo der Napf nie ganz leer wird.

Und die Welt sich genau richtig anfühlt.

Heute war so einer.

Und ich bin dankbar.

Sehr.

Mein erstes "richtig großes" Abenteuer

Liebes Tagebuch,

wenn man ein kleiner Hund ist, denkt man lange, dass große Abenteuer nur den Großen passieren.
Den Huskys in Schlittenvideos.
Den Schäferhunden im Fernsehen.
Den heldenhaften Mischlingen, die in Zügen reisen oder mit Delfinen spielen.
Aber dann kam mein Abenteuer.

Es begann harmlos:
Ein Ausflug.
Nichts besonderes.
Auto. Tasche. Wasserflasche.
Ich war dabei. Ich war **immer** dabei.

Doch dann:
Ein riesiger Wald.
Neue Wege.
Unbekannte Gerüche.
Und ein Schild: "Wanderweg – 8 Kilometer"

Ich bin losgelaufen wie ein Profi.
Nase tief. Ohren wach.
Ich habe geschnüffelt, gesichert, markiert, gebuddelt,
gestaunt.
Ich war Entdecker.

Wir sind an einem Bach entlang, über Holzbrücken, durch
Blätterhaufen, und ich hab zum ersten Mal einen Rehgeruch in
der Nase gehabt.
(Nein, ich bin nicht abgehauen. Ich hab *nachgedacht*. Und
dann lieber gewartet.)

Wir sind stundenlang gelaufen
Ich war müde.
Dann wieder wach.
Dann wieder müde.
Aber ich hab durchgehalten.
Ich, Snuppy –
mit kurzen Beinen, aber **langem Atem.**

Am Ende saßen wir auf einer Bank mit Aussicht.
Frauchen hat mir Wasser gegeben. Ich habe es getrunken,
dann den Kopf auf ihren Schuh gelegt und gedacht:
Das ist es.
Das ist ein richtig großes Abenteuer.

Nicht, weil ich irgendwo hingeflogen bin.
Nicht, weil ich Heldentaten vollbracht habe.
Sondern weil ich etwas neues erlebt hab –
Gemeinsam mit meinen Lieblingsmenschen.

Snuppys Anmerkung: Abenteuer müssen nicht laut sein.
Oder weit weg.
Sie müssen nur echt sein.
Und am besten mit jemandem, der sagt:
"Gut gemacht, kleiner Freund."

Bis bald – auf neuen Wegen

Liebes Menschenwesen,

wenn du bis hierher gelesen hast, dann warst du in meiner Welt.
Zwischen Schnuppermomenten, Frühstücksträumen, Leckerliplänen und großen Gedanken in kleinen Pfoten.
Du hast gelacht, vielleicht geseufzt, ganz sicher ein bisschen genickt – weil du wusstest:
So ein Hundeleben ist gar nicht so anders als deins.

Ich bin Snuppy.
Ein kleiner Hund mit großem Herzen. Ich kann nicht sprechen – nicht so wie du – aber ich rede trotzdem.
Mit Blicken. Mit Wedeln. Mit meinem ganzen Körper.
Und mit diesem Tagebuch.

Vielleicht erinnerst du dich beim nächsten Spaziergang daran, wie schön ein einfaches Stöckchen sein kann. Oder wie viel Bedeutung ein Nickerchen in der Sonne haben kann.
Oder wie wichtig es ist, **für jemanden da zu sein – einfach nur so.**

Ich werde mein Leben weiterleben, Tag für Tag.
Im Garten.
In meinem Körbchen.
Mit meinen Menschen.
Und vielleicht – in deinen Gedanken.

Danke, dass du mit mir gelaufen bist.
Gelesen hast.
Gefühlt hast.

Und wer weiß:
Vielleicht schreiben ich und mein Herrchen irgendwann
weiter. Denn ich habe noch so viele Geschichten zu erzählen.

Bis bald –
auf neuen Wegen.

Dein Snuppy

Impressum
© 2025 Stefan Nawrotzki
Verlag: BoD · Books on Demand GmbH,
Überseering 33,
22297 Hamburg,
bod@bod.de

Alle Rechte vorbehalten.
Dieses Buch oder Teile daraus dürfen ohne schriftliche Genehmigung des
Autors nicht vervielfältigt, verbreitet oder öffentlich wiedergegeben werden.

1. Auflage, 2025
ISBN: 978-3-8192-1026-6

Gedruckt in Deutschland
Druck: Libri Plureos GmbH, Friedensallee 273, 22763 Hamburg

FSC
www.fsc.org

MIX

Papier aus ver-
antwortungsvollen
Quellen
Paper from
responsible sources

FSC® C105338